我覺得……

# 可能是蛋糕唷！

蛋糕就放在桌上。
我忍不住停下腳步，盯著它看。
這下子我真的明白了……

# 這ㄓㄜˋ個ㄍㄜˋ蛋ㄉㄢˋ糕ㄍㄠ是ㄕˋ我ㄨㄛˇ的ㄉㄜ！

蛋糕的裝飾多麼簡潔，
上頭的糖霜令人垂涎欲滴。
聞起來香香甜甜，充滿了巧克力味！

我真的的
好想吃
這個蛋糕！

我現在就要吃蛋糕！
雖然我很小，但是絕對可以自己把蛋糕全部吃掉。
沒想到，媽媽竟然留下了紙條……

我不是傻瓜，所以我知道，
我真的**不應該**偷吃蛋糕。
如果我離家出走，也許……

就可以把這個蛋糕忘掉！

我努力變得堅強。
偷吃蛋糕真的不對。
可是我一直、一直在想那個蛋糕！

# 我ㄨㄛˇ必ㄅㄧˋ須ㄒㄩ……

# 忘掉蛋糕！

這讓我悶悶不樂，
我只不過想吃一點點蛋糕。

乾脆別理媽媽留的紙條。

千萬不可

現在就
回去吃
蛋米糕！

蛋糕還好好放在那裡，
等著我去品嘗一口。

蛋糕就這樣擺著實在太浪費了！
我舔一小小口就好。

噢ㄡ，天ㄊㄧㄢ啊ㄚ，天ㄊㄧㄢ啊ㄚ！ 真ㄓㄣ是ㄕ太ㄊㄞ幸ㄒㄧㄥ福ㄈㄨ了ㄌㄜ！

於ㄩ是ㄕ舔ㄊㄧㄢ一小ㄒㄧㄠ口ㄎㄡ自ㄗ然ㄖㄢ而ㄦ然ㄖㄢ變ㄅㄧㄢ成ㄔㄥ吃ㄔ一小ㄒㄧㄠ塊ㄎㄨㄞ。

我實在沒辦法控制自己的胃口。

再吃一片就好。

我知道自己做了不明智的事，
而且沒辦法假裝什麼都沒做。
我恐怕需要道歉了……

因為蛋糕被我吃光光。

噢，傻呼呼的我！我剛才做了什麼？
看來我得重新做一個蛋糕！
我猜一定很好玩。

我以前從來沒有**烤**過蛋糕唷。

我需要一些蛋！先準備六顆好了。
這些材料混在一起一定會很好吃。
反正什麼事都難不倒我！
做蛋糕還不簡單！

我會攪一攪、拌一拌，再搖一搖，
直到我的手臂痠痛為止……
噢，不！那個東西不應該破掉！

做蛋糕還真困難！

我的天啊！一團亂！
頭髮上和牆壁上，到處亂七八糟！
媽媽看到一定會昏倒。
做蛋糕是場災難！

嗨，媽媽，讓我告訴妳實話。
對不起，我讓妳一個頭兩個大。
沒錯，我弄得到處亂糟糟……

可是，嘿！
我為妳做了一個蛋糕！

獻給摩根、艾麗絲、德瑞克和安琪拉，謝謝你們所有的愛、鼓勵，和蛋糕！

SP

我所有的愛都送給我的姪子亞歷山卓，他就像巧克力一樣甜蜜！

LG

文／賽門·菲利浦　圖／露西雅·嘉吉奧提　譯／黃筱茵
主編／胡琇雅　行銷企畫／倪瑞廷　美術編輯／蘇怡方
董事長／趙政岷　第五編輯部總監／梁芳春
出版者／時報文化出版企業股份有限公司
108019台北市和平西路三段240號七樓
發行專線／（02）2306-6842
讀者服務專線／0800-231-705、（02）2304-7103
讀者服務傳真／（02）2304-6858
郵撥／1934-4724時報文化出版公司
信箱／10899臺北華江橋郵局第99信箱
統一編號／01405937
copyright © 2021 by China Times Publishing Company
時報悅讀網／www.readingtimes.com.tw
法律顧問／理律法律事務所　陳長文律師、李念祖律師
Printed in Taiwan
初版一刷／2021年12月3日
版權所有 翻印必究（若有破損，請寄回更換）
採環保大豆油墨印製